# PÈTALI E LAGRIME

## BRUNA
## (LAURA CLEMENTINA MAIOCCHI)

Ti vedo ancora, come l'altro giorno, quando entrasti nella mia camera dove io sedevo alla scrivania, quando, lasciandoti andare su una sedia di contro a me, m'hai detto fra un lampo de' tuoi occhietti neri, più col cuore che con le labbra: «Vuoi farla tu la prefazione?» ed io prontamente, col cuore più che con la voce, ti ho risposto: «Ma sì.»

Ecco come si è conchiuso il nostro patto. Ma io ora, nell'accingermi a compierlo, m'accorgo una volta di più che il cuore è famoso per facilitare tutti gli spunti e per piantare nelle male péste. Non ho pensato che per tenere a battesimo un libro la tenerezza non basta, che ci vuole l'autorità, che ci vuole un nome, che ci vogliono dei diritti, che ci vuole insomma tutto quello che non ho io. Il mio nome, cara, è oscuro quanto il tuo; di autorità non potrei vantare che quella (molto vacillante) di sorella maggiore; ma nè io nè il tuo libro ci guadagneremmo molto.... Diritti? quali? io non ho ancora scritto un romanzo, nè sono mai arrivata ad azzeccar insieme due rime. Posso addurre quelli d'una più profonda conoscenza del dolore, d'una esperienza più amara della tristezza umana? Ah no, povera cara Anima, con te, nemmeno questi...

Dunque? dunque come faccio a prenderti per mano e a condurti almeno sulla soglia, dove io mi rimango quasi soltanto spettatrice dell'agitato e vario rimescolìo della vita intellettuale? Non ci rimarrebbe altro che entrare insieme, abbracciate, con la nostra piccola maschera sul volto. Vuoi? Noi saremo insieme nelle vetrine, dove ci guarderanno, passando, con indifferenza sovrana; insieme negli uffici di redazione, dove ci nasconderemo così bene che nessun critico ci scoverà; insieme in qualche salottino mondano, dove sbadiglieremo pazientemente, ascoltando le malignità di un esperto tagliacarte a carico del cervello che dovrà commentarci. E sui terrazzi in cospetto del mare, sotto i freschi pergolati di campagna, su qualche cima boscosa e solitaria, fra le bianche pareti di una scuola, in un vagone di ferrovia, in qualche stanzetta di studio lambita dal sole, in qualche modesto salotto da desinare, sotto un lume; e vicino a qualche letto di malato o a qualche poltrona di solitaria, noi saremo insieme. Vedrò sorriderti, e vedrò anche tremolare qualche lagrima per te, e indovinerò il palpito di qualche cuore giovane e delicato e buono, che si ritroverà nelle manifestazioni del tuo. Tutta la geniale vibrazione dei sentimenti, quando sentimenti fratelli s'elevano plorando o cantando musicalmente, io auguro sul tuo piccolo libro, diletta – sul piccolo libro che mi è tanto caro, che ho veduto comporre pagina per pagina, come si riempie una coppa, fiore per fiore. Io credo di conoscere perfino la ragione intima e spirituale d'ognuna delle tue poesie, poichè molti di quei momenti d'emozione estetica o sentimentale, che davano a me un sospiro, a te un canto, abbiamo vissuti insieme; e le fuggevoli dolcezze e le lagrime ardenti, prima di diventar arte, sono passate tutte nel mio cuore. Due di questi componimenti furono pure scritti per me, e mi compiaccio di ricordarlo qui, come nel mio segreto sommamente ho caro di avere alcuna fra le ore più sante del mio passato fissata dalla tua Musa blanda. Pure, mia cara Bruna, tutto ciò può esser prezioso per me e per te soave; ma.... e gli altri? Potranno, leggendo, rilevar sempre l'assoluta e ingenua sincerità dell'arte tua, buona e mite anche quando vi serpeggia un soffio di passione o di sconforto, donnescamente gentile anche quando ha accenti più vibrati, elegante sempre? Nè ti si rimprovererà, forse, di non uscire dal recinto del tuo vecchio orto che ti dà le visioni delle fiabe della tua infanzia – e canti di rosignolo e farfalle e fior di mandorli per i tuoi sogni – tenui e mesti sogni, tramati fra i rosai come le ragnatele?..... L'arte soggettiva ha questo di penosamente crudo per i creatori delicati: che nel discuterla vi discutono, nell'analizzarla vi analizzano, nel risalire alle fonti vi mettono in luce spietatamente, vi profanano, quasi, sentimenti e sensazioni, per cui ogni altro linguaggio, ogni altra manifestazione, fuori di quella intellettuale, avevate già giudicato indegno. È vero che tutto ciò che si effonde da un'anima è raro che un'altra anima non raccolga; che se gli artisti oggettivi si fanno quasi sempre ammirare, gli altri, i soggettivisti, si fanno quasi sempre amare: ma è anche vero che si amano egoisticamente, per il piacere che ci procurano di rivelarci talvolta, rispecchiata nel loro, una sfaccettatura dello spirito nostro, o un'effusione che dormiva, o un ricordo semispento, qualunque nota, insomma, per inerzia o per insufficienza muta dapprima. Nella dilettosa ebbrezza mentale che ci invade quando possiamo assorbirci totalmente nella lettura di qualcuno di questi libri d'amore e di dolore, noi non pensiamo a quello che hanno costato di intimo martirio: non ci ricordiamo che le pagine più sentite, quelle che ci velano gli occhi e ci danno un palpito più vivo, furono quasi sempre scritte fra lagrime cocenti, fra battiti disordinati di un cuore. Nè mai nel movimento di riconoscenza per chi ci fa provare l'emozione, mescoliamo un impulso di pietà per l'anima che soffre, che lotta, che si spezza nell'epicedio che a noi pare una tenzone gloriosa.... Ma non importa, Bruna; nulla va perduto nel mondo. La nevata odorosa dei tuoi pètali su cui brillano stille che non sono di rugiada, scenderà forse, come abbiamo sognato, su qualche giovine testa pensosa che in essi amerà l'anima tua: scenderà forse sul nudo terreno, dove qualche pellegrino attardato e stanco, trovandola sui suoi passi, ti benedirà; ma se anche il vento la sperde, non può, no, distruggerla.

Nulla va perduto di ciò che si effonde, sia o no avvertito, sia o no raccolto. Il profumo e la rugiada della tua anima, vivificati da un dolce raggio d'arte, si sono fatti immortali, sono divenuti una particella, sebbene minimissima, dell'ideale in cui nella miseria si trova tanto rifugio e tanta consolazione: e tu, figgendo gli occhi in quell'eterno fulgore, puoi pensare con gentile alterezza che v'ha pure una parte di te, e che non hai invano palpitato e pianto, poichè palpiti e lagrime ti diedero le ali per elevarti verso le cime, per raggiungere forse la serenità.

«Poesia è liberazione» disse Goethe. Liberazione, sì. Dove è Poesia non vi può essere totale sconforto, nè buio perfetto, nè angoscia irreparabile, nè desolazione, nè vuoto; non vi può essere il marasma che uccide. Poesia è liberazione e resurrezione. E con questa parola, che risuona così divina al tuo, al mio cuore, ti bacio in fronte e consacro il tuo primo libro, sorella.


Primavera 1894.


JOLANDA.

PÈTALI E LAGRIME

Entro la coppa di cristal dïafano
piegan le rose pallide;
ad uno ad uno, scoloriti, i petali
sul tavolino cadono.

Nel baldo core le speranze fervide
un giorno mi fiorirono;
ed or pur esse tristamente languono
e in lagrime disciolgonsi.

ILLUSIONE

Sono venute, fra il silenzio e il gelo,
questa notte le fate a ricamare,
della finestra mia su i vetri limpidi
un intricato e strano bianco velo.

È sorto il sole, e il tenüe lavoro
dilegua a poco a poco, si discioglie
lungo i cristalli in goccioline; lagrime
trova soltanto il baldo raggio d'oro.

Tali, in un core giovino, fidente,
la fantasia lievi ricami ordisce;
ma i vani sogni, le lusinghe fragili
distrugge e vince il ver, spietatamente!

DISPETTO

Dorme la musa mia nell'alto mare,
nell'alto mare in una barca nera,
ed io pietosa non la vo' destare
fin che non tornerà la primavera.
Allora le dirò: – Sorgi, o gentile,
che finalmente ci sorride aprile;
sorgi; e donando all'onda il fragil remo,
alla fiorita sponda vogheremo.

Inneggieremo ai boschi, ai verdi prati,
ai pallidi giacinti, alle viole,
alle bianche farfalle ed ai dorati
insettuzzi che van danzando al sole,
all'api affaccendate, laboriose,
che baciano ronzando e gigli e rose.
Ma non a te, superbo, mentitore,
un inno canterem, superbo amore!

**VERE INEUNTE**

Passa l'allodola

in alto, garrula,

pel cielo splendido

di primavera;


passa la rondine

sull'acque limpide,

silenti, placide,

della riviera.


Talor si scontrano:

– Salve, susurrano,

cantiam, verdeggiano

il colle, il prato;


s'ingemman gli alberi,

i semi fremono,

ride svegliandosi

tutto il creato! –


Dice la glicine:

– Vieni, libellula,

respira l'alito

dei fiori miei,


coll'ali candide

lieve accarezzami,

baciami, baciami,

bramata sei! –


In mezzo all'alighe

sporgon fuggevoli

le rane il timido

capo lucente,


e da quell'umido

regno contemplano

l'opimo ed ampio

piano fremente.


A sciami passano

gli insetti gemmei,

e s'ode un trepido

murmure strano,


a cui rispondono

gli augelli un nitido

coro melodico

laggiù lontano.


Canta la vergine

dai campi reduce,

cogli occhi fulgidi,

la gioia in core;


e nella candida

chiesa, la monaca

le prime mammole

offre al Signore.

*– A MARIA –*

Rami d'acacie in fior, vedete quella

gentile che s'avanza? È mia sorella.

Sfioratele i capelli,

baciatele la testa;

quest'oggi è la sua festa.

Profumate i sentier miti viole,

venite, o rosignoli; su quel faggio

andatevi a posar, e al suo passaggio

fate sonar d'allegri ritornelli

la ridente campagna. E tu, mio sole,

irradia di splendor quest'azzurrino

cielo d'april divino;

e un eterno sorriso

risplender faccia Iddio sopra il suo viso!

GEMME

I.

In fra i merletti tenui, o rubino fiammante,

brilli di luce rossa.

Sei forse l'occhio vigile d'un demone vagante,

che tenta senza possa?

O pur fuoco d'amore da un cor evaporato

e poi cristallizzato?

II.

Un angelo, travolto nel turbin dei viventi,

rimpianse il paradiso;

le lagrime sgorgarono dai grandi occhi lucenti,

irrigandogli il viso;

e, cadendo diffuse in stille scintillanti,

divennero diamanti.

III.

Dolce zaffiro, azzurro come gli occhi d'amore,

che ingemmi la mia mano,

ognor porti riflesso il soave colore

del mio cielo italiano;

del mio limpido ciel, ch'è poesia,

splendore, ed armonia.

IV.


Specchio gentil di valli rugiadose,

orïental smeraldo;

al par di scarabeo sovra le rose,

che gode il sole caldo;

delle belle sul sen, sfidi beffardo

ogni indiscreto sguardo.


V.


E te rivedo, bel topazio biondo,

in quel mare ondeggiante

di spighe; te, fremente nel giocondo

umore inebriante;

te, nel grand'occhio pieno di mistero

d'un vecchio gatto nero.

FIORI


I.

GELSOMINI


Sono questi gli aulenti gelsomini
che mi cingean la giovinetta testa,
quando la prima volta, in bianchi lini,
m'appressai, nella chiesa ornata a festa,
alla celeste mensa. Dolce, pia,
tu mi stavi d'accanto, o mamma mia.
Pure dolcezze! Oh rapimenti santi!
Oh mistici del cor divini incanti!


II.

MIOSOTIS


Eravate riuniti in un mazzetto
intorno a una viola del pensiero;
io vi mirai a lungo sul suo petto,
adornare quell'abito severo;
poi, come foste fra le pieghe ascosi
della mia veste azzurra e misteriosi
narraste le dolcezze dell'amore,
soavemente sussultò il mio core.

III.

ROSE

15

E voi, turgide rose profumate,

vidi un giorno sorridere inconscienti,

leggiadramente unite ed intrecciate

sulla tomba di un giovine. Tepenti

l'aure spandeano il vostro effluvio acuto

pel mesto campo solitario e muto.

Voi ridevate, ed io, che vi guardavo,

un'arcana mestizia in cor provavo.


IV.

FIORI D'ARANCIO

Era d'inverno un gelido mattino,

triste; pioveva, nol scorderò mai;

ed ella se ne stava a capo chino,

io fra i capelli i fiori le appuntai.

Poi surse; e mi baciò tutta radiosa,

bella, gentile, nel suo vel di sposa.

Fuori piovea, ma nelle luci care

di mia sorella il sol vidi brillare.

IN ALTO

Piove coi raggi della luna bianca

una soave calma, una dolcezza

altissima, che l'anima accarezza

ed a nuove battaglie la rinfranca.


Par che dica quel lume: – Anima stanca,

alza le luci al cielo immenso, sprezza

del mondo lusinghiero la fralezza,

che tutto promettendo, a tutto manca. –


Così le mie pupille in alto stanno

affise come per incantamento,

e sale il mio pensier su candid'ali.


Dal cor dilegua ogni terreno affanno,

e durante il celeste rapimento

m'arridon fulgidissimi ideali.

PACE

È notte: nella chiesa del convento

ogni cero fu spento;

un lumicino sol trema e rischiara

quella povera bara.

Il frate pïetoso,

che veglia assorto e prega

all'alma del fratel pace e riposo,

a tratti chiude la pupilla stanca,

e la preghiera sul suo labbro manca.

Intanto fuori trillano

giocondi i rosignoli,

e gracidan le rane in cantilena,

salutando il chiaror di luna piena.

SUONANDO


Amo la pallid'ora del crepuscolo,

quando nella mia stanza silenziosa,

avvolta nelle tenebre, ogni cosa

pare fugata da un ignoto spirito.


Allora un'armonia, dolente, flebile,

soglio ritrar dal mio violino antico;

egli sa, del mio cor diletto amico,

sa i pianti occulti, sa le lotte fervide.


L'arco, le corde han dolci canti, han gemiti,

han pel dolore un mistico conforto,

tal, che sembra il passato sia risorto

quando le note a me d'intorno vibrano.


Mentre suono, le luci mie si fisano

ove men densa è l'ombra, e a poco a poco

par che surgan d'incanto al chiaror fioco

lievi fantasmi e intorno a me s'aggirino.


Giuoco dell'ombra è questo? o son le lagrime

uscite dal mio cor che stanche vanno

palpitando nel buio? od è un inganno

che s'insinua col suono in fondo all'anima?

NOIA


Batte su i vetri della mia finestra

incessante la pioggia,

e crepita la fiamma nel camino;

la scialba luce dello smorto cielo

rischiara debolmente il salottino.

Il sonno già m'invade, chiudo gli occhi....

pur sento l'acquerugiola insistente

predicarmi sapiente,

e brontolar la fiamma scoppiettando,

le mie lievi follie rimproverando.

AL TEATRO

Raggi di viva luce intorno spandono

i doppieri dorati, e come tremule

stille di pioggia delle dame brillano

le gemme fra le chiome fulve o d'ebano.

Di piume e trine mollemente ondeggiano

i ventagli, qual'ali di stranissimi

augelli variopinti; è grave l'aere;

i mille fior di tuberosa odorano.

Un dolce canto per la volta effondesi,

e i fulgidi occhi suoi fisi mi guardano!


– 1887 –

RITORNERANNO...


L'inverno muore nelle nubi avvolto;

presto fra l'erbe tenere

spunteran le viole, e nel più folto

del bosco i nidi intreccieran gli augelli.


Ritorneranno a scorrere i ruscelli,

desti dal sonno gelido;

e canteran giulivi ritornelli

alle sponde ingemmate di smeraldi.


Leggeri soffi, profumati e caldi,

voleranno per l'aere,

e i capineri, quai gentili araldi,

l'inno primiero lieti scioglieranno.


Ritorneranno alfin, ritorneranno

gli occhi tuoi fulgidissimi

a leggermi nel core, e un lungo affanno

scritto vi troveran! Vieni, amor mio;


da tanti giorni mi dicesti addio!

APRILE

È l'aprile, l'april che splende fuori
e la vita ridesta in ogni pianta;
le siepi intorno olezzano di fiori,
e l' usignolo canta canta canta!

Adornate, fanciulle, di viole
le belle treccie, primavera invita;
correte i campi tepidi dal sole;
s'è la valle di nuovo rivestita.

È primavera che ridesta i prati,
e nei cervelli indocili pensieri;
sorridete, o gentili, ai desïati
fiori d'april. Cantano i capineri!

Sognate fra l'azzurro e lo splendore
eterno il riso della giovinezza,
e vero il giuramento che nel core
vi recò il turbamento e la dolcezza.

Che val, se poi col tempo sfumeranno
anche i sogni gentili?.. È primavera
che ci trascina nel suo dolce inganno,
ricantando nel core: – Spera, spera! –

MAGGIO

Il sol di Maggio splende

nel cielo di zaffiro,

e quella luce sovra l'acqua stende

un velo scintillante;

lïevemente mosse dal sospiro

del venticel, le piante

bagnan le larghe foglie chetamente

nell'acqua risplendente.

Un pescatore colla rozza mano

lento la rete affonda,

mentre laggiù, lontano,

risuona la cadenza strascicata

d'una vecchia ballata.

BUFERA

Il bruno abete, forte, maestoso,

muove con moto lento i folti rami

al passare del vento, e un misterioso

spirito par che con quel cenno chiami.


Gli snelli pioppi curvano le cime,

supplicando con flebili lamenti,

quel vento che li sferza, che li opprime,

umilmente piegandosi sgomenti.


Trema al basso fra l'erbe un fiorellino,

più che zaffiro azzurro, fra quel mare

di smeraldo ondeggiante, e all'affricino

vento si dona, e lontano scompare.


Dove, dove vai tu bel fiore azzurro,

ridente come il ciel di primavera?

non odi questo perfido sussurro?

questo ghigno crudel della bufera?


Ove li porti, di', vento furioso,

i fiori che strappasti dalle aiuole?

perchè travolgi in corso ruinoso

i poveri giacinti e le vïole?


Odo i deboli pioppi, collo strano

lor lamento, rimpiangere frementi

quello che tu c'involi, e che lontano

disperdi ne' tuoi vortici furenti.


E l'abete laggiù, chiama pietoso

un aiuto pei deboli, accennando,

mentre passi e ripassi, impetuoso,

crudele, vïolento, sibilando

SOTTO IL PERGOLATO

Salgono snelli i verdi rami e piegano

le cime in molli arcate,

intrecciati fra loro, amanti e languidi,

sotto il cielo d'estate.


Ridon le rose profumate, pendule

dalla rorida volta,

mentre stanno a spiar, trepidi, i boccioli

fra la cortina folta.


Fili d'argento tenüi s'allungano,

a l'äere ondeggianti,

d'onde ragni invisibili discendono,

alla preda anelanti.


Entra un'ape dorata, ed una pallida

rosa bacia, e scompare;

odo di fuori la cicala stridere,

gli augelli cinguettare.


Da l'alto il sol fiammeggia. A l'ombra placida

di quest'antro fiorito

io penso a lungo... e 'l mio pensiero naviga

il mar dell'infinito.

## NEI CAMPI

Si matura la mèsse al raggio d'oro
del sollione che dardeggia altero:
fra il biondo e il verde allungasi un sentiero;
io lo percorro, e i mille effluvi odoro.

Mi fermo; ascolto d'un giocondo coro
l'eco lontana, e incalzami un pensiero:
– Come son lieti! ed io perchè un sincero
e spensierato riso invano imploro? –

Vado pensosa per il piano aurato;
il canto è più vicino; alfin le falci
lampeggiano nel sole, fra le biade;

e m'allontano. Dopo aver errato
pei campi ancor, m'assido sotto i salci,
e un'insperata calma il cor m'invade.

AUTUNNO E AMORE

Giunto è novembre; dal cielo plumbeo

cade la pioggia, lenta, monotona;

la brezza il fior distrugge,

la rondinella fugge.


A noi che importa? se i fiori sbocciano

nel maggio eterno delle nostre anime?

se il vivo sol d'amore

le inonda di splendore?


Autunno 1891

NATALE

Solennemente vibrano

i sacri bronzi, e l'aere gelato

ripercote quel suon. Quale a divina,

misterïosa voce

che dall'alto s'espande,

ogni fronte s'inchina.

Fiammelle rosse brillano

i ceri sull'altare, e radïose

tremolando, rischiarano

cento palme di rose.

Una piccola forma

di pargolo, sorride

fra gli incensi, fra i veli;

adorando si prostrano i fedeli.

Intanto nei palagi illuminati,

bionde e brune testine si confondono,

e cogli occhietti ingenui, estasïati,

ammirano i balocchi, luccicanti

alla fiamma del ceppo.

Pazze risa argentine,

e acuti trilli, echeggiano assordanti

fra le ricche cortine.

Ma quanti bimbi, ahimè, senza sorrisi,

senza cibo, tremanti

nei miseri tuguri, ove non brilla

nel freddo focolare una scintilla.

Dama gentil, che miri lietamente

il tuo bimbo felice,

ti sovvenga del povero che langue;

la gemmata tua man stendi pietosa,

e più santa sarà questa nivale

pia notte di Natale.

PENSANDO

Quando la sera, intenta

a l'usato ricamo, il capo chino,

e allegramente brilla

la lucernetta appesa,

e scoppietta la fiamma nel camino;

mentre i punti s'alternano

azzurrini e dorati,

io ripenso agli splendidi

miei sogni dileguati.

E come si rincorrono,

pei trascorsi sentieri,

gli irrequieti pensieri...

Ad ogni fior, che mi sorrise, sostano:

e con accento strano, misterioso,

ricantano la musica

d'un giorno delizioso!

Poi, come sciame d'insettuzzi alati,

fuggon per ogni verso,

pazzi, disordinati.

E quando mi riscuoto

dal lungo meditare,

cogli occhi luccicanti, trasognati,

guardo i punti sbagliati!

## RICORDO

Perchè mai non gorgheggi, o rosignolo,

in questa notte placida?

Ove fermasti il volo?

Io la rammento ancor quell'alba bianca,

quella candida luce

che inondava la stanza,

mentre pallida, e stanca,

innanzi ad un cristallo m'assidea

per spogliare dei fiori i miei capelli,

ed un'eco lontana

della festosa danza

rïudir mi parea.

Aveva già fugati

l'alba dal cielo gli astri,

e dai fioriti prati

salìan gli olezzi. Aprile

ritornava gentile.

O rosignol, la tua nota sonora,

inneggiando a l'aurora,

echeggiò per quel rorido

verde piano dormente,

e un sussulto provai. Trepida, vidi

l'aurora dell'amore illuminare

le mie languide luci.

Parea ripeter – ave –

il tuo canto soave.

Tu salutavi, piccolo cantore,

l'alba di un grande amore!

Ed ora invan dalla finestra sporgo

la testa ansiosamente,

nella notte silente;

soltanto il grillo la canzone tremula

dalla sua tana stride,

e beffarda la luna mi deride,

guatando fra quei pioppi che si slanciano

con molli ondeggiamenti

negli spazi silenti.


Aprile 1889

PLENILUNIO

Salìa la luna con bagliori pallidi
nell'ampio cielo, e lieve un raggio bianco,
attraversando i vetri, mite avvolsemi
nel suo velo siderëo splendente,
come in un sogno, misteriosamente.

Traevan suoni le mie dita gelide
dalla corda vibrante, inargentata;
talor eran singhiozzi, erano gemiti,
echi lontani di memorie care
che udivo intorno a me fluir, sfumare....

Estasïata alla soave musica,
alla mesta armonia quasi divina,
in alto in alto si levava l'anima;
e le luci fissando al ciel d'opale,
sognavo, già rapita, l'ideale.

Quando, improvvisa, una leggera nuvola
velò il bel disco che salìa sereno....
M'avvolse allora tetra la caligine,
e in un breve singhiozzo, in un lamento,
si spezzò la sottil corda d'argento.

OMBRA E LUCE

Su la marmorea terrazzina gelida,

la luna effonde il gelido suo raggio;

nella bruna boscaglia passa maggio,

ed han le vecchie piante un lungo fremito.


A cento a cento vagano le lucciole,

aspirando profumi inebrianti;

e d'usignoli prolungati canti

fra le tremule rame dolci echeggiano.


Io guardo sul terrazzo i raggi splendere,

e penetrar ogni angolo segreto,

mentre, laggiù, nel buio, l'irrequieto

murmure cresce, e strane larve passano.


E mi chiedo: Fors'è meglio che il fulgido

lume del vero intorno a noi rischiari?

o pure fiduciosi in sogni cari,

fantasticando, in mezzo a l'ombra vivere?

MEDITAZIONE

Nel tempio vuoto ardon le lampade
con luce fioca, e s'ode un debole
mormorìo di preghiera.
Scende queta la sera.

Son sola: penso, non prego, lagrime
mi bagnan gli occhi; sulla man gelida
stillano ad una, ad una.
Entra un raggio di luna.

Passa come ombra, lieve sui sandali,
un frate, e sosta; la fiamma languida,
attentamente chino,
ravviva a un lumicino.

Il viso calmo, sereno, ascetico,
la fiamma irraggia; la barba candida,
che gli scende dal mento,
ha riflessi d'argento.

Egli la pace sente nell'animo,
ed io tumulti d'un desio fervido;
egli spera pregando,
io penso lagrimando!

I

## IL SOGNO DI CENERENTOLA

Cenerentola dorme, il lume è spento,

di fuori geme il vento;

un grillo canta presso il focolar.


In un canto, la gatta accovacciata,

d'un topolino guata

il muso aguzzo, che tremante appar.


Cenerentola dorme, e sogna intanto,

ch'è avvolta in ricco manto,

che in un palagio sontuoso ell'è;


e un giovin re, dalle pupille ardenti,

con mille giuramenti

d'amor, di fede, le si prostra al piè.


Ma il grillo canta:  Dormi, dormi ancora,

fin che sorge l'aurora;

soltanto in sogno lieta sei così.


Intorno alla sua testa le zanzare

non cessan di ronzare:

 A te le gioie fin che spunta il dì.


E il vento, brontolando:  Il primo sole

disperderà le fole;

torni alla rocca, al fuso la tua man!


Ella non ode, e ride al sogno bello,

che dal misero ostello

dolcemente la porta sì lontan.


Ma la gatta, lanciandosi d'un tratto

sopra il povero ratto,

urta la scopa che rovina al suol.


Ella si desta, e mormora:  Oh stupore,

sparve ricchezza, amore,

in bocca al gatto, in un istante sol!

II.

## CENT'ANNI D'INCANTO

Sul bianco letto ove dormia Fiorella,

fatata verginella,

i lunghi rami le acacie curvar;


sommessamente intanto gli augelletti,

il venticel, gli insetti,

intorno a lei mille storie narrar.


Ella fra l'ombra delle fronde e il canto,

sotto il candido manto,

gli occhi mesti d'un principe sognò.


Cent'anni tenne la fanciulla ascosa,

la molle fronda ombrosa,

ma l'incantato bosco niun tentò.


Alfine giunse un bruno cavaliero,

forte, leggiadro, fiero;

Fiorella vide che sognava ancor.


La bianca mano, allor, tutto tremando,

sul liuto posando,

cantò commosso una canzon d'amor:


Non è più il vento che ti parla, o bella,

non è la rondinella,

ma quegli che il tuo sogno vagheggiò;


sorgi, consola i miei crudeli affanni;

son passati cent'anni!......

E in un sospiro il canto suo sfumò!


La fatata fanciulla, che dormente

nella capanna aulente

giacea, quel canto e quel sospiro udì.


Surse; le luci cilestrine schiuse;

l'aurora intorno effuse

le rose, e tutto il ciel si colorì.


Inneggiâro i fatati e strani augelli

con lieti ritornelli;

e ripeteano gli echi:  Amore, amor!..


S'amaron tanto, per cent'anni e cento,

fra i ruscelli d'argento!

Ma poi?...... moriron, come tutto muor!

III.

LA BELLA E LA BESTIA

O vecchio pescator, voglio la Bella

dagli occhi di gazzella,

dalla guancia di rose e il picciol piè;


se la figlia mi dai, di gemme e d'oro

ti coprirò, e un tesoro,

o pescator, tua figlia avrà da me.


Il pescatore, di minaccia in atto,

si volge, e rugge:  Il patto,

il vile patto non offrirmi più!


Leggiadra è la mia Bella, ell'è gentile

siccome un fior d'aprile,

e la sua man, di fata ha la virtù.


È tutto l'amor mio, la mia dolcezza,

ed una sua carezza

assai più vale del favor d'un re.


Deforme gnomo! non avrai la Bella

dagli occhi di gazzella,

dalla guancia di rose e il picciol piè.


Passar più lune; e, dalla fame stretto

alfine il poveretto,

ai desiri del mostro si piegò.


E la figliuola, dal meschino ostello,

al magico castello

della bestia ricchissima passò.


Colà vivea la Bella, spensierata,

nella reggia dorata;

e il mostro si struggeva di dolor.


Invano mendicava una carezza;

quell'orrida bruttezza

invan chiedeva alla fanciulla amor.


Eppure egli era docile, sommesso;

raccolto a lei d'appresso

gemeva, schiavo della sua beltà.


Volle un giorno la Bella il casolare

paterno visitare,

giurando che fra breve riederà;


dolente il mostro acconsentì all'amata

la grazia domandata,

ma: Torna, disse, pria che cada il sol.


Se troppo indugi, la mia vita è spenta;

te lungi, lo rammenta,

sul mio capo la morte libra il vol!

Ma in cielo scintillò più d'una stella;

e l'infedele Bella,

immemore del mostro, s'indugiò.


E quando giunse, per le aurate stanze

le misere sembianze

del mostro, invan con ansia ricercò!


Uscì; d'un rio tutta la sponda amena

corse, nè avea più lena...

I suoi grand'occhi l'acqua interrogar.


L'acqua taceva, e la luna splendente,

saliva indifferente,

il disco in quel cristallo a rispecchiar.


Ma un gemito la scosse di morente;..

sotto un salce piangente

giacea il povero mostro, steso al suol.


Avea gli occhi sbarrati, irsuto il pelo,

e nelle membra il gelo;

Un tetro corvo già calava il vol!


Presa la Bella da rimorso, in pianto

gli si prostrò d'accanto:

amorosa curvossi e lo baciò,


mormorando:  Rivivi, ed il cor mio,

tuo continuo desìo,

il mio vergine cor tutto ti do.


Un gran prodigio nella bianca appare

notte plenilunare!.........

il malefico incanto, ecco, finì!


Al bacio della Bella impietosita,

non ritornò la vita

nel corpo della bestia che sparì;


ma in sua vece comparve fra le piante

un giovìn, radïante

la pupilla di fiamma, e bruno il crin.


Alla fanciulla attonita, ritrosa,

disse:  Sarai mia sposa;

compiuto è il patto che segnò il destin.


. . . . . . . . . . . . . . . . . .

Al primo bacio dei felici amanti,

cento stelle filanti

pronube l'alto ciel sparsero d'or,


e sotto la gran volta scintillante,

ogni fiore fragrante

sbocciò, al presagio d'un eterno amor!

RISVEGLIO

Con un canto di baldanza

m'ha destata il capinero,

mentre ancora in un mistero

di penombre era la stanza,


La finestra ho schiusa; mille

raggi d'oro m'hanno accolta

con sorrisi, m'hanno avvolta

lievi nembi di scintille.


E pensavo: – Se nel core

pieno d'ombra e di tristezza,

penetrasse la dolcezza

di quest'aureo fulgore!

SOSTA

Nell'alta quiete della notte bianca,
delle rane il gracchiar s'alza alle stelle,
come un inno di pace.

Riposa alfin, la travagliata e stanca
anima mia, ed entro al cor ribelle
anche l'amore tace.

A questa immensa nenia che penètra,
dormono i sogni, i pensieri sfrenati
posan l'ardito volo.

Tu sol congiuri... e insidïosi a l'etra
s'innalzano i tuoi canti innamorati,
traditor usignuolo!

*Qui seminat in lacrimis,*

*in exultatione metet*


Piange dirotto il cielo, i crisantemi

hanno i petali molli di quel pianto;

ma, sotto il suol, di germogliare, intanto

tentan del grano i piccioletti semi.


E tu perchè disperi? perchè temi,

se senti il core dal dolore affranto?

Di più vasti orizzonti il dolce incanto

ti schiuderan le lagrime che gemi.


Come, passato il gel, risorgon quelle

piante rinvigorite, e poi gloriose

s'ergon di spighe d'oro incoronate;


così le fronti, dal dolor prostrate,

si leveran, cinte d'eterne rose,

impavide sfidando le procelle.

# RITRATTO

a Laura R...

Alta, flessuosa, forte ha la persona,

il viso ingenuo quasi di bambina;

rotondo il mento, la bocca piccina,

in cui l'accento veneto risuona.


Profilo greco, fronte alabastrina;

le treccie bionde al capo fan corona;

nei grand'occhi color d'ambra, la buona

anima retta e pura s'indovina.


Sempre gaia, talor con infantile

spensieratezza ha l'abito negletto.

È della vita nel fiorente aprile:


un cor forte di donna chiude in petto,

che non piega, ma vince con virile

fermezza, sotto spensierato aspetto.

SUL FIUME

Piegandomi sull'acqua, un fiore candido,
che avevo fra i capelli, m'è caduto,
e galleggiando se n'è andato rapido,
e s'è perduto!

Come rapisti, glauco fiume perfido,
il bianco fiorellino profumato,
così il destino mi rapì un dolcissimo
sogno adorato.

## EX VOTO

Cerchiellino d'argento, un irrequieto

braccio adornavi; ed or, per un segreto

voto d'amore, pendi nell'austera

nicchia d'una madonna tutta nera.


Vuota, fredda è la chiesa, e tu obliato

come il povero voto...... ma imparato

a terger molte lagrime ha l'esìle

braccio che ornavi, cerchiellino umìle.

QUIETE

La vecchierella fila presso il fuoco,

e la luce rossiccia, tremolante,

parte del viso le rischiara. Roco

ulula il tramontano fra le piante;


nella stanzetta povera, tranquilla,

il mulinello ha un ritmico andamento;

volge la nonna gli occhi dove brilla

la lucernetta, e un bruno capo, intento


su i bianchi fogli, mira; quanto amore

nel dolcissimo sguardo! La bufera

fuori imperversa; dentro, nel tepore

della piccola stanza, è primavera.

ORA MESTA

Popolato è l'angusto cimitero

di brune croci colle braccia stese,

quasi sorte a protegger chi discese

ov'è l'impenetrabile mistero.


Entran disopra al muro immacolati

d'un albero fiorito i bianchi rami;

i passeri chiassosi entrano a sciami,

fra le croci s'inseguono sbandati.


Poveri morti! e voi sotto le zolle

umide, nella tenebra dormite,

e i fiori non vedete, e non udite

degli augelletti la gazzarra folle


Nè vi compiango, chè spesso m'assale

di tanta pace fervido il desìo,

e dormire, dormir vorrei anch'io

il lungo sonno placido, finale.


Aprile 1893

NELL'AZZURRO

Per l'aria tepida vaga una fragile
piccola piuma; sale lentissima;
col ventaglio l'abbasso
contendendole il passo.

Ella mi sfugge, librasi rapida,
via nell'azzurro sale, dileguasi.
Così l'anima mia
alle insidie fuggia.

DOLORE

Nevica; tutti dormono;

nel gran silenzio giù si stende il manto

di gelo; sola vigila

nella notte un'afflitta madre in pianto.


Povero capo tremulo,

bianco! povera fronte corrugata,

i cui pensieri volano

accanto una recente fossa amata!


Urla di fuori il gelido

vento, la neve a fiocchi scende, scende...

Che vorrebbe proteggere

la vecchierella che le braccia tende?


O sonno, dolce balsamo

di chi soffre, l'avvolgi, ed il dolore

che le tortura l'anima,

blandisci e calma nel tuo pio sopore.


O sogni, miti, placidi

sogni, affluite intorno, e a lei dinante

– inganno pietosissimo –

del figlio ritornar fate il sembiante.


Ch'ella si possa illudere

di serrarselo al sen!.. Ma è desta ancora!..

e traverso le lagrime

vede risorger la novella aurora.

SIETE TORNATE....


Siete tornate alfin, sorelle rondini,

sullo stagno a volare;

ed io vi guardo, ed ho negli occhi lagrime

all'udirvi cantare.


Oh mi rammento: poche lune scorsero

da che dolci segreti,

da che gentili istorie mi narrarono

i vostri canti lieti.


Ed ora pur garrulamente echeggiano

i vostri gridi acuti,

ma nell'anima mia si ripercotono,

quasi estremi saluti!


Vi guardo desïosa come rapide

navicelle passare....

Potessi io pur, potessi nello splendido

azzurro dileguare!.........

LARVA

Tepida è l'aura ricca di profumi
di silenzi e misteri; fra le immobili
piante, fra l'ombre, par che appaia e sfumi
lieve una forma candida,

e nella dolce calma della sera,
fra il sonno delle piante, sola s'agita,
ed affannosamente va leggera
per l'alta solitudine.

Repente, mentre tutto intorno tace,
s'ode un tonfo, un gorgoglio, un lungo fremito
verso lo stagno. La rejetta in pace
riposa in mezzo all'alighe.

NOTTURNO

Il gufo canta al diffuso chiarore
di luna argentea.
Una fanciulla, cui sorride amore,
veglia e fantastica.

Così il pensier di lei, lieto, fidente:
– Oh, come placidi
trascorreremo i giorni, eternamente
felici, amandoci! –

Così del gufo il canto sulla torre
– Dalla caligine,
avida vien la morte per comporre
serti di lagrime!

GUARDAMI!


Fra i ramoscelli candidi

del rifiorito pero,

curioso il capinero

sporge la testa trepido.


Odi per l'aria irrompere

il grand'inno d'amore!

Il suolo è tutto in fiore,

acuti effluvi espandonsi.


Guardami; ah sempre guardami

come adesso; il gentile

sorriso dell'aprile

le tue luci rispecchiano.


Guardami!.... si colorano

le nubi ad occidente,

ed una fiamma ardente

entro i tuoi occhi sfolgora!

DUBBIO

Gli domando:
 Dimmi, quando
sarai lungi, mia dolcezza,
serberai per me nel core
tanto amore?
Ei mi fisa; è una carezza
quello sguardo.
La pupilla,
entro cui l'amore brilla,
giura fede;
anche il labbro non è tardo
a donarmi la parola
che consola.
Ma nel core che non crede,
resta il dubbio!.... e il gran martiro
si rivela in un sospiro.

ATTESA

Io t'aspetto, t'aspetto e m'impaziento
nel silenzio monotono;
io t'aspetto, e mi pare ogni momento
lungo siccome un secolo!

Ha l'orologio un tintinnar solerte;
par del mio core il palpito;
invece è il tempo che passando avverte
e il tuo tardar rimprovera.

T'aspetto, vieni dunque, vieni presto,
i tuoi sorrisi portami!
allora il tempo sarà troppo lesto,
e invan diremo arrestati!

Agosto 1891.

MESTO PENSIERO


Salgon di primavera acuti odori

insiem coll'aura tepidetta e pura;

il ciel si tinge in rosea sfumatura,

e riflette la porpora su i fiori.


E pur fra poco tornerà l'oscura

notte misterïosa, che i colori,

fino al risorger di novelli albori,

sotto il gran manto tenebroso fura.


Tal mi sovviene ognor quando ti fiso

e mi rattristo nel pensar l'addio!..

o luce di quest'anima! o sorriso!


Avvolgerà la notte il core mio,

la cupa notte, ahimè! quando il tuo viso

vedrò solo nei sogni e col desìo!

BRUMA

Presso è l'inverno; a traverso i cristalli
guardo il giardino omai privo di fronde;
piegano le corolle moribonde
gli ultimi crisantemi bianchi e gialli.

Ridete, voi, che vagheggiate i balli,
belle mondane, frivole, gioconde,
e nelle vostre chiome brune o bionde,
pensate se intrecciar perle o coralli.

Io sono triste; al poverello penso
che tremerà di freddo, all'affamato
che mendicando andrà per ogni via;

e il cor m'invade uno sconforto intenso,
un dolore infinito!..... Il mio malato
uccider come i fiori il gel potrìa!

PIANGENDO...


Piove; ma questo livido

cielo non vedi tu, diletto mio;

non odi l'incessante mormorio

della pioggia monotona!


Sul tuo viso diffondesi

lieve il pallor d'immacolato giglio;

per sempre il sonno grava sul tuo ciglio,

il tuo core sta immobile!


E pure io debbo vivere.....

e trascinarmi ancor con passi incerti!

ancora gli occhi miei restano aperti

per piangerti!.......per piangerti!....


Novembre 1893.

ROSE DIPINTE.

Ecco le rose pallide

che in un giorno lontano

dipinse la sua mano;


la cara man, che gelida

per sempre immota giace

nella suprema pace!


O rose... o rose candide,

sotto i suoi rai sbocciate,

dal mio pianto irrorate,


fino che i vostri petali

non vizziran, nel core

porterò il mio dolore!

TRISTAMENTE...


Alza il pallido viso lagrimoso,

povera musa mia, velata in nero;

entra; siam giunte al piccol cimitero

ov'è la tomba che lo tiene ascoso.


Ecco i cipressi a guardia del sentiero,

del fatale sentiero silenzioso;...

qui giace il mio diletto, in un riposo

lungo, solenne, avvolto nel mistero!


Alza il pallido viso, e meco infiora

soavemente il marmo immacolato,

che l'occidüo sol lambendo indora.


Doman sorgendo la novella aurora,

il serto forse troverà sfogliato,....

e noi vivremo, ahimè... vivremo ancora!


Decembre 1893.

SCONFORTO

Quante volte ingiallir vidi le foglie
e cader lente da quel vecchio pero!
Ecco... di nuovo ingombro n'è il sentiero,
e il vento ancor le arruffa e le raccoglie.

Ed io che feci, mentre tante spoglie
di morti fior furon travolte al nero
suolo? mentre cantato ha il capinero
per tanti aprili l'amorose voglie?

Ho amato.... ho amato! e breve fu il gioire;
ho pianto... ho pianto!. ed or non ho più lena;
pur debbo la mia strada proseguire.

Dicon che tornerà l'alba serena,
che nuove rose rivedrò fiorire....
ma intanto vo per la deserta arena!